L'association des hommes roux

Arthur Conan Doyle

© 2024 Culturea
Texte et illustration de couverture : © domaine public (open access licence CC0 1.0 universel)
Édition et mise en page : Culturea (Hérault, 34)
Retrouvez notre catalogue sur http://culturea.fr/
Contact : infos@culturea.fr
Imprimé en Allemagne par Books on Demand Gmbh
Design typographique et layout : Derek Murphy et Reedsy
ISBN : 9791041990481
Date de parution : Mars 2024
Ce livre :
— a été composé avec une police open source libre de droits dessinée sur Open Fondry
 https://open-foundry.com/
— est édité en libre access sous licence CC0 (Creative Commons Zero) afin de conserver l'oeuvre au plus près des caractéristiques du domaine public.
— offre la possibilité à son lecteur de partager, dupliquer ou distribuer son contenu, sans restriction ni réserve.
— permet de replanter un arbre. SHS Éditions soutient Plantons Pour l'Avenir, fonds de dotation pour le reboisement des forêts françaises
400 projets de reboisement de forêts soutenus depuis 2014 à travers la France https://www.plantonspourlavenir.fr/

L'Association des hommes roux

L'année dernière, un jour d'automne, j'entrai chez mon ami Sherlock Holmes. Je le trouvai en conférence avec un gros clergyman, d'âge moyen et dont la face rubiconde et les cheveux roux ardent me frappèrent singulièrement.

J'étais sur le point de me retirer en balbutiant une excuse, lorsque Sherlock Holmes m'attira brusquement dans le salon et fermant la porte derrière moi :

— Vous ne pouviez arriver plus à point, cher docteur, me dit-il, d'un ton cordial.

— Vraiment. Je vous croyais pourtant très occupé ?

— Je le suis, en effet.

— Alors permettez-moi de vous attendre dans la pièce voisine.

— Pas du tout. Monsieur Wilson, dit-il, en s'adressant au gros clergyman, le docteur ici présent a été mon associé et mon collaborateur dans plusieurs circonstances où j'ai pu éclaircir des affaires fort embrouillées ; il sera assurément un auxiliaire utile dans le cas que vous venez me soumettre.

Le personnage à qui s'adressait Holmes se souleva sur son siège en esquissant un salut et son petit œil, dissimulé sous les plis de l'arcade sourcilière, lança un éclair.

— Asseyez-vous sur le canapé, dit Holmes ; tandis que lui-même s'installait dans son fauteuil, en serrant les doigts nerveusement, comme il avait coutume de le faire lorsqu'il s'agissait d'une cause importante. Je sais, cher Watson, que vous partagez avec moi la passion du bizarre ; que vous êtes attiré aussi par tout ce qui sort du convenu et du monotone train-train de chaque jour. Vous l'avez prouvé jusqu'à l'enthousiasme par la chronique, quelque peu embellie, ne vous en déplaise, que vous avez faite de mes petites aventures.

— Vous savez bien, cher ami, à quel point vos causes judiciaires m'ont intéressé, répondis-je.

— Vous rappelez-vous à ce propos la remarque que me suggéra l'autre jour le problème si simple exposé par miss Mary Sutherland ? J'émettais cette assertion que, dans la vie réelle, il y a de ces effets si singulièrement étranges, de ces circonstances si extraordinaires qu'ils dépassent tout ce que l'imagination la plus fantastique et la plus audacieuse pourrait inventer.

— Oui, je me souviens, de cette remarque que je me permis même de contredire.

— Parfaitement, docteur, ce qui n'empêche pas que vous allez être obligé de vous ranger à mon avis, écrasé que sera votre raisonnement par les preuves les plus indiscutables. Voici M. Jabez Wilson qui a eu la bonté de venir me voir ce matin pour me faire le récit le plus empoignant qu'il soit possible d'entendre.

Ne vous ai-je pas souvent fait remarquer cette étrange anomalie qu'entre deux crimes, ce sera toujours le plus grave qui sera le plus simple tandis que l'autre sera compliqué de circonstances si étranges, si invraisemblables même, qu'on en arrive à se demander si le crime a jamais existé.

Jusqu'ici et dans le cas présent, il m'est impossible d'exprimer une opinion quelconque tant les faits qui se présentent à moi me semblent extraordinaires. Seriez-vous assez bon, monsieur Wilson, pour recommencer votre récit. Vous rendrez service non seulement à mon ami le docteur Watson qui n'est pas au courant de la situation, mais aussi à moi, en me permettant de recueillir encore de votre bouche, pour m'en pénétrer plus complètement, tous les détails de cette étrange aventure.

Bien souvent une notion sommaire des événements suffit à me guider, surtout en me remémorant toutes les causes célèbres que j'ai eues à étudier. Mais, dans le cas présent, j'avoue que je me trouve en présence de circonstances absolument en dehors du convenu.

Le gros client bomba sa large poitrine avec affectation, et tira de la poche de sa redingote un vieux journal tout froissé. En le voyant ainsi, devant moi, penché en avant (il parcourait la colonne des annonces dans le journal qu'il avait étalé sur ses genoux), j'essayai d'employer les procédés d'analyse de mon camarade, de me faire une opinion sur cet individu d'après ses vêtements et d'après sa personne elle-même.

Mon inspection n'aboutit à rien de saillant : notre visiteur avait toute l'apparence du vulgaire commerçant anglais : obèse, pompeux et lent. Il portait un pantalon à carreaux gris et assez large, une redingote noire légèrement déboutonnée et un gilet gris ; une lourde chaîne Albert en cuivre et un morceau de métal en guise de breloque complétaient sa toilette. À côté de lui, sur une chaise, un chapeau haut de forme éraillé et un pardessus d'un brun passé avec un col de velours tout froissé n'apportèrent aucune lueur à mon investigation. Je ne distinguais aucun signe caractéristique, si ce n'est ses cheveux d'un roux ardent et une expression d'extrême mécontentement et même de chagrin répandue sur ses traits.

Sherlock Holmes, avec sa vivacité habituelle, saisit ma pensée et mon regard inquisiteur le fit même sourire. Il secoua la tête.

— Il est bien évident, dit-il, qu'à une époque quelconque de sa vie, monsieur s'est livré à des travaux manuels ; il prise, il est franc-maçon, il a été en Chine et il a beaucoup écrit ces temps derniers ; je n'en sais pas plus long.

M. Jabez Wilson bondit de sa chaise, son journal à la main, et fixant mon camarade, d'un air effaré :

— Comment, au nom du ciel ! savez-vous cela, monsieur Holmes ? s'écria-t-il. Qui vous a dit que j'avais travaillé de mes mains ? C'est vrai, ma parole, j'ai été charpentier dans la marine.

— Cela saute aux yeux, cher monsieur. La main droite est sensiblement plus grande que la gauche, preuve que les muscles en ont été développés par le travail.

— Mais encore où voyez-vous que j'ai l'habitude de priser ? que je suis franc-maçon ?

Je ne vous ferai pas l'injure de vous dire comment je l'ai su ; car, en dépit de toutes les règles de votre association, vous en portez les insignes, le triangle et le compas, en épingle de cravate.

— Ah ! c'est vrai, je n'y pensais pas. Et comment savez-vous que j'ai beaucoup écrit ces temps-ci ?

— Que signifieraient alors, sur votre manche droite, cette marque luisante longue de cinq pouces et, sur la gauche, une reprise si bien faite, à l'endroit où votre coude reposait sur le pupitre ?

— Et où prenez-vous que je suis allé en Chine ?

— Il me semble que le poisson tatoué, juste au-dessus de votre poignet droit n'a pu l'être que dans le Céleste-Empire. J'ai fait sur le tatouage une étude spéciale que j'ai même publiée. Ce coloris rose tendre des écailles de poisson est tout à fait particulier à la Chine. Lorsqu'en plus, je vois un sou chinois suspendu, comme breloque, à votre chaîne de montre, il me semble qu'il ne faut pas être sorcier pour avancer que vous êtes allé dans ce pays-là.

M. Jabez Wilson rit d'un gros rire vulgaire.

— Ma parole, dit-il, je vous croyais très habile, avant de connaître votre procédé ; il est bien simple après tout.

— Je commence à croire, Watson, repartit Holmes, que j'ai tort de donner des explications. Vous connaissez le proverbe : *Omne ignotum pro magnifico,* et ma pauvre réputation sombrera si je continue à être aussi franc. Ne pouvez-vous pas retrouver l'annonce dont vous me parliez, monsieur Wilson ?

— La voici enfin, répondit-il, en montrant de son gros doigt la colonne du journal, la voici, et c'est le début de toute l'histoire. Lisez-la vous-même, monsieur.

Je pris le journal de ses mains et lus ce qui suit : « *À l'Association des roux.* En raison du legs de feu Ezekiah Hopkins, de Lebanon, Penn, États-Unis d'Amérique, il se trouve y avoir dans la Ligue une nouvelle place vacante qui donne droit à un salaire de quatre livres par semaine pour des services purement nominaux. Tous les hommes roux, sains de corps et d'esprit, et ayant plus de vingt et un an sont éligibles. S'adresser en personne, lundi à onze heures, à Duncan Ross, au bureau de la Ligue, 7, Pope's court Fleet Street. »

— Que diable cela peut-il signifier ? m'écriai-je, après avoir relu deux fois cette singulière annonce.

Holmes esquissa un sourire et se trémoussa sur sa chaise ; c'était chez lui un signe d'extrême contentement.

— Cela sort de l'ordinaire, n'est-ce pas ? dit-il. Et maintenant, monsieur Wilson, tranchons dans le vif et racontez-nous tout ce qui vous concerne, vous et les vôtres. Quelle a été l'influence de cette annonce sur votre sort ? Veuillez, docteur, inscrire sur votre calepin le nom du journal et sa date.

— C'est le *Morning Chronicle* du 27 avril 1890. Il y a deux mois de cela.

— Parfaitement. Vous avez la parole, monsieur Wilson.

— Eh bien ! je vous disais donc, monsieur Sherlock Holmes, reprit Jabez Wilson en fronçant le sourcil, que j'ai un petit bureau de prêts sur gages à Coburg-Square, près de la Cité. Ce n'est pas un bureau important, et, dans ces dernières années, j'ai eu bien de la peine à ajuster les deux bouts. J'avais deux employés ; j'ai dû en supprimer un, et encore aurais-je été obligé de renoncer au second si ce brave garçon n'avait consenti, pour apprendre le métier, à entrer chez moi pour la moitié des gages ordinaires.

— Quel est le nom de ce jeune homme obligeant ? demanda Sherlock Holmes.

— Il s'appelle Vincent Spaulding et il n'est pas aussi jeune qu'on pourrait le croire à première vue ; je ne saurais cependant lui assigner un âge, mais par exemple c'est un employé de premier ordre, monsieur Holmes ; il pourrait facilement gagner le double de ce que je lui donne. Après tout, s'il est satisfait, ce n'est pas mon rôle de lui donner des idées d'ambition.

— En effet ? Vous devez vous estimer très heureux d'avoir un excellent employé à des conditions aussi modestes. C'est rare chez des employés de cet âge, et je me demande ce qu'il faut le plus admirer de votre annonce ou de votre employé.

— Mon Dieu ! il a ses défauts aussi, dit M. Wilson. Je n'ai jamais vu la passion de la photographie poussée plus loin que chez lui. S'esquivant avec un appareil aux heures où il devrait travailler, il descend au fond de la cave, comme un lapin qui se terre, pour développer ses plaques. Voilà son principal défaut. En dehors de cela c'est un bon travailleur, et il n'a pas la moindre malice.

— Je pense qu'il est encore chez vous ?

— Oui, monsieur, je n'ai que lui et une gamine de quatorze ans qui fait un peu de cuisine et balaye la maison ; car je suis veuf, et je n'ai plus de parents. Nous vivons très tranquillement, monsieur, tous les trois ; gagnant juste de quoi nous abriter sous un toit et payer nos dettes, rien de plus.

La première chose qui vint rompre la monotonie de notre existence fut cette annonce. Spaulding arriva au bureau, je me rappelle que ce fut précisément il y a aujourd'hui huit jours, avec ce même journal à la main et s'écria :

— Quel malheur, monsieur Wilson ! que je ne sois pas roux.

— Et pourquoi cela ? demandai-je.

— Pourquoi ? voici une place à prendre dans l'Association des hommes roux. Cela équivaut à de bonnes rentes pour celui qui y est admis. Je crois savoir qu'il y a plus de places que d'associés, de sorte que les administrateurs ne savent que faire du capital. Si seulement mes cheveux pouvaient changer de couleur, voilà un bon petit fromage dans lequel je pourrai me loger !

— Mais que signifie cette histoire ? m'écriai-je. Remarquez bien, monsieur Holmes, que je suis un homme très casanier. Les affaires viennent à moi ; je n'ai donc pas à me déranger ; et je passe souvent des semaines entières sans franchir le seuil de ma porte. De cette façon, j'ignore tout ce qui se passe au-dehors ; et la moindre nouvelle a de l'intérêt pour moi.

— N'avez-vous jamais entendu parler de l'Association des hommes roux ? demanda mon employé, en écarquillant les yeux.

— Jamais.

— C'est fort étonnant ; car vous êtes apte vous-même à en faire partie.

— Combien paye-t-on les associés ?

— Oh ! environ huit mille francs par an ; le travail est peu considérable, du reste, et cela ne nuit pas beaucoup aux autres occupations qu'on peut avoir.

Vous pensez bien qu'à cette réponse je dressai l'oreille ; car les affaires n'ont pas été brillantes dans ces dernières années et une somme de huit mille francs n'est pas à dédaigner.

— Racontez-moi donc tout cela par le menu, dis-je à Spaulding.

— Eh bien ! me dit-il, en me montrant l'annonce, vous voyez

vous-même que l'Association est en quête d'un membre et voici l'adresse du bureau auquel vous devez vous présenter pour avoir de plus amples renseignements. Ce que je puis vous dire, c'est que l'Association a été fondée par un millionnaire américain, très original, Ezekiah Hopkins. Il était roux lui-même et avait beaucoup de sympathie pour les gens qui avaient aussi cette couleur de cheveux ; de sorte que, à sa mort, on découvrit qu'il avait laissé son immense fortune à cinq fidéi-commissaires, à charge d'en servir les intérêts aux hommes roux besogneux. D'après ce que j'entends dire, c'est une situation bien payée et le travail est peu considérable.

— Mais cette place doit être briguée par des millions de roux ?

— Il n'y en a pas autant que vous croyez, car on n'admet que les habitants de Londres et des hommes faits. Cet Américain avait quitté Londres tout jeune et n'avait pas voulu être ingrat envers la vieille cité. J'ajouterai que les hommes à cheveux roux clair, ou roux foncé, sont exclus ; une seule nuance est admise : le roux aux reflets ardents.

Si maintenant vous désirez vous présenter, monsieur Wilson, vous le pouvez ; mais, après tout, pour huit mille francs ce n'est peut-être guère la peine de se déranger.

— Vous le voyez, messieurs, mes cheveux sont d'une teinte très accentuée ; il me semblait donc que je dusse avoir dans un concours plus de chances qu'un autre. Vincent Spaulding me semblait si bien renseigné que je n'hésitai pas à me l'adjoindre, après lui avoir fait fermer le bureau pour la journée. Lui, ravi du congé que je lui proposais, partit avec moi et nous dirigeâmes nos pas vers l'adresse indiquée par le journal. Je ne reverrai jamais pareil spectacle, monsieur Holmes : du nord au sud, de l'est à l'ouest, tout individu ayant les cheveux d'une teinte rougeâtre quelconque s'était dirigé vers la Cité pour répondre à l'annonce. Fleet Street était encombré de gens aux cheveux roux, et Pope's court ressemblait à une voiture à bras remplie d'oranges. Je n'aurais jamais cru qu'il y eût un aussi grand nombre d'hommes roux. Toutes les nuances étaient représentées : le paille, le citron, l'orange, le brique, la couleur chien d'arrêt irlandais, le jaune foie, le jaune argile ; mais, comme me l'avait dit Spaulding, il y en avait peu de cette nuance roux ardent qui est la mienne.

Livré à moi-même et en voyant le nombre des concurrents, j'aurais volontiers renoncé à entrer en compétition. Mais Spaulding ne voulut pas me permettre de me retirer. Je ne sais comment il s'y prit ; il poussa, coudoya, bouscula, jusqu'à ce qu'il m'eût fait traverser la foule et m'eût amené au haut de l'escalier qui conduisait au bureau et sur les marches duquel se heurtait le flot montant plein d'espoir, et le flot descendant, triste et désappointé ; enfin nous forçâmes le passage et nous entrâmes.

— Ce début est fort intéressant, interrompit Holmes, pendant que son client s'arrêtait et rassemblait ses souvenirs au moyen d'une bonne prise. Je vous en prie, continuez votre récit.

— Il n'y avait dans le bureau que quelques chaises en bois et un comptoir, derrière lequel se tenait un petit homme encore plus roux que moi. Il disait un mot à chaque candidat, au moment où ce dernier s'approchait, et lui trouvait toujours quelque défaut qui le disqualifiât. L'admission ne me semblait pas une tâche aussi facile que je me l'étais laissé persuader tout d'abord. Enfin, lorsque vint mon tour, le petit homme roux sembla m'être plus favorable qu'aux autres ; il ferma même la porte afin de causer seul avec nous.

— Je vous amène M. Jabez Wilson, dit mon employé ; il est prêt à entrer dans l'Association.

— Et il a certainement toutes les qualités requises pour cela, répondit l'autre. Je ne me rappelle pas avoir vu une nuance de cheveux aussi parfaite.

Il recula d'un pas, comme pour mieux chercher le jour, regarda à droite, à gauche, et fixa mes cheveux jusqu'à m'intimider. Puis, tout à coup, s'avançant vers moi, il me serra la main et me félicita chaudement de mon succès.

— Il serait injuste d'hésiter un instant à vous faire entrer dans l'Association, permettez-moi cependant une précaution qui ne saurait vous blesser, j'espère.

Et, ce disant, il saisit des deux mains une poignée de mes cheveux et tira dessus avec une telle violence qu'il m'arracha un cri de douleur involontaire.

— Vous avez les yeux pleins de larmes, me dit-il, en me lâchant enfin. Je vois qu'il n'y a aucune supercherie ; mais vous comprenez bien que nous sommes tenus aux plus grandes précautions, ayant déjà été mis dedans deux fois par des perruques et une fois par de la teinture. Je pourrais vous faire des récits qui vous montreraient notre pauvre humanité sous un jour fâcheux.

À ce moment mon interlocuteur s'approcha de la fenêtre et cria, de toutes ses forces, à la foule, que la place était prise. Un murmure de désappointement s'ensuivit et chacun rentra chez soi plus ou moins penaud.

Je restai en tête à tête avec l'étrange personnage à la chevelure non moins rousse que la mienne.

— Je m'appelle Duncan Ross, me dit-il, et je suis l'un des membres bénéficiaires de l'Association fondée par notre noble bienfaiteur. Êtes-vous marié, monsieur Wilson ? Avez-vous une famille ?

Et sur ma réponse négative, la mine de M. Duncan Ross s'allongea prodigieusement.

— Mon Dieu, dit-il d'un air grave, c'est très fâcheux et je le regrette pour vous, la dotation ayant pour but de perpétuer les têtes rousses et d'en augmenter le nombre. Il est vraiment déplorable que vous soyez célibataire.

— Ce fut à mon tour, monsieur Holmes, de prendre une expression navrée en voyant cette situation m'échapper. Mais, après un instant de réflexion, le gérant m'assura que je serais admis quand même.

— Pour un autre, nous n'aurions peut-être pas consenti à cette faveur, mais vos cheveux sont d'un roux si admirable et si rare que nous ferons pour vous une exception. Pouvez-vous entrer rapidement en fonctions ?

— Voilà ce qui m'embarrasse, mon métier me laissant peu de loisirs.

— Oh ! ne vous inquiétez pas de cela, monsieur Wilson, s'écria Vincent Spaulding ; je me charge de vous seconder et de vous remplacer au besoin.

— Quelles seraient les heures qui vous conviendraient ?

— J'aurais besoin de vous de dix heures du matin à deux heures de l'après-midi.

Il faut que vous sachiez, monsieur Holmes, qu'un prêteur sur gages est surtout occupé à la fin de la journée, et en particulier le jeudi et le vendredi qui précèdent les jours de paye. J'étais donc ravi de trouver pour la matinée une occupation lucrative, et je savais que mon brave employé me suppléerait auprès de mes clients. Je répondis que c'était chose entendue et je m'informai des appointements ?

— Cent francs par semaine, me fut-il répondu.

— Et qu'y a-t-il à faire ?

— Ceci est purement accessoire.

— Qu'entendez-vous par là ?

— Eh bien ! ce qui est exigé avant tout est que vous ne bougiez pas du bureau, ou tout au moins de la maison, pendant le temps convenu ; une seule infraction à cette règle vous ferait immanquablement perdre votre situation. Le testament insiste sur cette condition que tout associé doit s'engager à remplir.

— Quatre heures sont bien vite passées ; comptez sur moi.

— Rappelez-vous bien que nous n'admettrons aucune excuse, dit M. Duncan Ross, fût-ce maladie, affaires, etc. Il faut rester là, sous peine de perdre la place.

— Quel travail me demanderez-vous ?

— La copie de l'*Encyclopédie britannique*. Voici le premier volume sous cette presse. Vous aurez à fournir l'encre, les plumes et le papier buvard ; de notre côté, nous vous fournissons cette table et cette chaise. Serez-vous prêt à venir demain ?

— Certainement, répondis-je.

— Alors, au revoir ! monsieur Jabez Wilson, et permettez-moi de vous féliciter encore de la position importante que vous avez eu le bonheur d'obtenir.

Il me donna congé et je rentrai avec mon employé, la tête absolument perdue par cette bonne aubaine.

J'y réfléchis tout le long du jour, et le soir venu je n'avais déjà plus l'enthousiasme du matin, obsédé que j'étais par l'idée d'une mystification ou d'une fraude, mais dans quel but ? voilà ce qui me semblait incompréhensible. D'un autre côté, quoi de plus invraisemblable qu'un pareil testament, ou qu'il fût alloué une aussi

forte somme pour un travail aussi simple que la copie de
l'*Encyclopédie britannique.* Donc, malgré ce que put faire Vincent
Spaulding pour me remonter, j'étais bien décidé, en me couchant, à
renoncer à cette situation. Toutefois, à mon réveil, je fus tenté d'aller
voir de quoi il retournait et après m'être muni d'un petit flacon
d'encre, d'une plume et de sept feuilles de papier pot, je me dirigeai
vers Pope's court.

Là, à ma grande joie, rien ne me parut suspect : la table était bien
en place et M. Duncan Ross m'attendait pour voir si je me mettrais
sérieusement au travail. Il me fit commencer par la lettre A et me
quitta, revenant de temps à autre s'assurer que tout marchait bien. À
deux heures il me dit au revoir, me félicita sur la rapidité avec
laquelle j'écrivais et ferma la porte derrière moi.

Ceci, monsieur Holmes, se renouvela tous les jours pendant une
semaine. Le samedi, le directeur entra, et étala devant moi cent francs
pour prix de mon travail ; de même les deux semaines suivantes.
Tous les matins j'arrivais au bureau à dix heures pour en repartir à
deux heures. Peu à peu M. Duncan Ross exerça sur moi une
surveillance moins active. Il ne vint plus qu'une fois dans la
matinée ; puis plus du tout. Quant à moi, fidèle à ma consigne, je
n'osais pas quitter le bureau, ne fût-ce qu'une seconde, tant je
craignais d'être pris en faute et de perdre ainsi une situation si
largement rétribuée.

Huit semaines s'étaient écoulées, j'avais traité successivement des
abbés, de l'art, du tir à l'arc, des armures, de l'architecture, des
attiques, bref la plupart des mots commençant par un A avaient été
copiés par moi. J'avais noirci une certaine quantité de papier, j'avais
presque couvert une étagère de mes copies, et j'espérais, en me
hâtant un peu, commencer la lettre B lorsque tout s'effondra
subitement.

— Non ? vraiment.

— Oui, monsieur. Pas plus tard que ce matin, je me suis rendu à
dix heures comme d'habitude à mon bureau ; j'ai trouvé la porte
close avec la petite annonce que voici clouée sur le panneau. Lisez
plutôt vous-même.

L'homme aux cheveux rouges nous exhiba un morceau de carton, grand comme une feuille de papier à lettre, et sur lequel étaient tracées les lignes suivantes :

« L'Association des hommes roux est dissoute, 9 octobre 1890. »

L'annonce lue, nous portâmes instinctivement, Sherlock Holmes et moi, nos regards sur le visage déconfit de notre interlocuteur ; et, le côté comique de l'affaire l'emportant sur toute autre considération, nous partîmes tous deux d'un bruyant éclat de rire.

— Je ne vois rien de risible à cette histoire, s'exclama notre visiteur en rougissant de colère ; si vous n'avez que des sarcasmes à m'offrir, je vais ailleurs.

— Non, non, s'écria Holmes, en le forçant à se rasseoir sur la chaise qu'il avait déjà quittée. Vrai, cette affaire vaut pour moi son pesant d'or. C'est si neuf et si original ! Mais vous conviendrez bien avec moi du côté drôlatique de l'aventure. Maintenant, soyons sérieux.

— Quelles démarches avez-vous faites lorsque vous avez trouvé cette carte sur la porte ?

— Je suis resté cloué sur place, monsieur. Je ne savais que faire. J'entrai chez les voisins ; je questionnai à droite et à gauche ; personne ne put me donner le moindre renseignement. Enfin j'allai chez le propriétaire de la maison qui est un caissier, et qui demeure au rez-de-chaussée ; je lui demandai s'il savait ce qu'était devenue l'Association des hommes roux.

Il me dit n'avoir jamais entendu parler d'une association de ce genre. Alors je lui parlai de M. Duncan Ross. Ce nom lui était totalement inconnu. Mais enfin, lui dis-je, quel est le monsieur du n° 4 ?

— Comment, l'homme roux ?

— Oui.

— Oh ! vous voulez dire William Moriss, l'avoué ; il n'avait loué chez moi qu'en attendant que son nouveau local fût prêt. Il a déménagé hier.

— Où pourrais-je le trouver ?

— Voici son adresse : 17, King Edward street, près Saint-Paul.

— J'y allai sur l'heure, monsieur Holmes ; mais au lieu de M. Moriss, je me trouvai en présence d'une fabrique de rotules artificielles et personne ne connaissait ni M. William Moriss, ni M. Duncan Ross.

— Qu'avez-vous fait alors ? demanda Holmes.

— Je suis rentré chez moi à Saxe-Coburg square, et j'ai consulté mon employé qui n'a su que m'exhorter à la patience en ajoutant que probablement je recevrais une lettre. Vous comprenez que ce n'était pas suffisant pour moi, monsieur Holmes ; je ne voulais pas perdre une situation semblable sans me démener ; et comme j'avais entendu dire que vous vouliez bien prêter votre concours aux pauvres malheureux qui se trouvent dans une situation difficile, je suis venu tout droit chez vous.

— Et vous avez bien fait, répondit Holmes ; votre affaire est extrêmement intéressante ; je serai heureux de chercher à l'éclaircir. D'après votre récit, je me figure que tout cela est plus sérieux et plus grave qu'on ne le croirait à première vue.

— Sérieux, en effet, murmura M. Jabez Wilson ; pensez donc : perdre 4 livres par semaine !

— Pour votre part, remarqua Holmes, je ne vois pas que vous ayez à vous plaindre de cette extraordinaire association. Vous êtes au contraire de trente livres plus riche, sans compter la science complète que vous avez pu acquérir sur les mots commençant par la lettre A. Vous n'avez donc rien perdu.

— Assurément, monsieur, mais je voudrais découvrir ce que sont ces gens et quel était leur but en me jouant cette farce, si farce il y a. En tout cas cela leur a coûté trente-deux livres.

— Nous tâcherons de vous fixer là-dessus. Et d'abord permettez-moi de vous faire deux ou trois questions, monsieur Wilson. C'est votre employé qui le premier a attiré votre attention sur l'annonce, n'est-ce pas ? Depuis combien de temps était-il à votre service ?

— Depuis environ un mois.

— Comment l'avez-vous trouvé ?

— Il avait répondu à une annonce que j'avais insérée dans le journal.

— Est-il le seul qui soit venu se présenter ?

— Non, j'en ai eu une douzaine.

— Pourquoi l'avez-vous choisi de préférence à un autre ?

— Parce que je l'avais sous la main et qu'il avait des prétentions modestes.

— Il a, en somme, accepté la moitié des gages ordinaires ?

— Oui.

— Voulez-vous me décrire ce Vincent Spaulding ?

— Il est petit, fort, très vif dans ses mouvements, et n'a pas de barbe quoiqu'il ait tout près de trente ans. Il a sur le front une cicatrice provenant d'une brûlure faite avec un acide.

Holmes, très agité, se redressa sur son siège :

— C'est ce que je pensais, dit-il. Avez-vous jamais remarqué que ses oreilles fussent percées comme pour porter des boucles d'oreilles ?

— Précisément, monsieur. Il m'a dit qu'une bohémienne les lui avait percées lorsqu'il était gamin.

— Hum ! dit Holmes, en s'étalant de nouveau, et en retombant dans ses réflexions. Est-il encore chez vous ?

— Oh ! certainement monsieur, je viens de le quitter.

— S'est-il occupé de vos affaires en votre absence ?

— Je n'ai rien à lui reprocher, monsieur ; il y a du reste peu de clients dans la matinée.

— C'est bien, monsieur Wilson, je serai heureux de vous donner mon impression sur tout cela dans un ou deux jours ; nous sommes à samedi aujourd'hui ; j'espère que vers lundi nous aurons une solution.

— Eh bien ! Watson, dit Holmes, lorsque notre visiteur nous eut quittés, qu'en pensez-vous ?

— Je n'y comprends rien, répondis-je avec sincérité. C'est une affaire des plus mystérieuses.

— Souvenez-vous, dit Holmes, que, règle générale, plus une chose est bizarre, moins elle est mystérieuse. Ce sont les crimes communs, sans traits distinctifs, qui sont vraiment énigmatiques ; de même un visage vulgaire est plus difficile à identifier qu'un autre. Mais il faut que je me hâte d'en finir avec cette affaire.

— Quel est votre plan ? demandai-je.

— De fumer d'abord, répondit-il ; il me faut bien trois pipes pour résoudre ce problème, et je vous demande de ne pas me parler pendant cinquante minutes.

Sur ce, Holmes se pelotonna sur sa chaise, en remontant ses genoux étiques jusqu'à son nez d'aigle, et demeura ainsi longtemps, les yeux fermés, sa pipe de terre noire à la bouche ; on eût dit, en le regardant ainsi, un de ces étranges oiseaux de proie au bec extraordinairement recourbé.

J'en étais arrivé à croire qu'il dormait et je commençais à m'assoupir moi-même, lorsque subitement il bondit de sur sa chaise, comme un homme qui a soudainement pris une résolution et déposa sa pipe sur la cheminée.

— Sarasate joue à Saint-James'hall cet après-midi, dit-il. Pensez-vous, Watson, que vos clients puissent se passer de vous quelques heures ?

— Je n'ai rien à faire aujourd'hui ; vous savez que mes occupations ne sont jamais très absorbantes.

— Alors prenez votre chapeau et venez. Je traverserai d'abord la City où nous pourrons trouver à déjeuner. Le programme du concert nous annonce beaucoup de musique allemande ; vous savez combien je la préfère à la musique italienne ou française, et elle conviendra aujourd'hui tout particulièrement à mon état d'âme. Venez.

Quelques minutes plus tard, le métropolitain nous amenait à Aldersgate, d'où nous n'avions plus qu'un court trajet jusqu'à Saxe-Coburg square, théâtre de la singulière aventure qui nous avait été contée le matin. C'était un endroit malsain, resserré, d'aspect misérable et prétentieux à la fois, sur lequel prenaient jour des maisons en briques à deux étages. Chacune d'elles était précédée d'une bande de terrain défendue par une grille, et où un maigre gazon et quelques massifs de lauriers végétaient péniblement dans une atmosphère viciée par une épaisse fumée noire. Trois boules dorées et une enseigne brune avec « Jabez Wilson » se détachant en lettres blanches sur le fond, nous indiquèrent que la maison du coin était bien celle où se trouvait le bureau de notre client à cheveux roux. Sherlock Holmes s'arrêta devant la boutique et l'examina tout en hochant la tête : on aurait dit que l'œil perçant qui brillait sous ses paupières clignotantes cherchait à traverser les murs. Mon ami s'avança lentement puis revint sur ses pas jusqu'au coin de la rue en regardant toujours les maisons avec la plus grande attention. Enfin, il retourna chez le prêteur, donna deux ou trois vigoureux coups de canne sur le pavé, et frappa à la porte du bureau. Un jeune homme bien rasé, à la physionomie intelligente, vint lui ouvrir et l'invita à entrer.

— Merci, dit Holmes, je voulais seulement vous demander quel est le plus court chemin d'ici au Strand.

— Prenez la troisième rue à droite et la quatrième à gauche, répondit l'employé brièvement, tout en refermant la porte.

— C'est un malin, ce garçon-là, me dit Holmes chemin faisant. Je n'en connais que trois à Londres capables de lui damer le pion et encore, pour l'audace, lui assignerais-je facilement la troisième place dans ce quatuor. J'ai déjà entendu parler de lui.

— Évidemment, répondis-je, l'employé de M. Wilson a le rôle important dans ce mystère de l'Association des hommes roux. Je parie que vous ne lui avez demandé votre chemin qu'afin de le voir.

— Pas lui.

— Quoi alors ?

— Les genoux de son pantalon.

— Et qu'avez-vous vu ?

— Ce que je m'attendais à y voir.

— Et pourquoi avez-vous frappé le pavé avec votre canne ?

— Mon cher docteur, c'est le moment d'observer et non de parler. Nous sommes des espions en pays ennemi ; nous voici à peu près édifiés sur Saxe-Coburg square. Explorons maintenant la partie qui est située derrière cette place.

La rue dans laquelle nous nous trouvâmes en quittant le square si peu fréquenté de Saxe-Coburg peut se comparer à ce qu'est l'envers d'une toile par rapport à l'endroit ; c'est une des artères principales de la Cité, une de celles qui se dirigent du nord à l'ouest et qui a le plus de trafic. La voie était obstruée comme si tout le commerce de la ville était venu s'y engouffrer en un double courant montant et descendant, tandis que les trottoirs étaient une fourmilière de piétons ; il semblait absolument impossible que les somptueux magasins et les grandes agences commerciales qui s'étalent dans cette rue eussent aussi accès sur le square si misérable et si peu fréquenté que nous venions de quitter.

— Voyons, dit Holmes en s'arrêtant au coin et en suivant des yeux la rangée de maisons ; il faut que je me rappelle l'ordre dans lequel elles sont placées. Vous connaissez ma vieille manie de toujours chercher à connaître Londres à fond. Voici d'abord Mortimer, le marchand de tabac, puis le petit magasin de journaux, la succursale pour le quartier de Coburg de la Banque suburbaine et de la Cité, le restaurant des Végétariens et le dépôt de Mac Farlane pour la construction des voitures : ceci nous mène jusqu'à l'autre pâté de maisons. Assez maintenant, docteur, nous avons bien travaillé ; prenons un peu de distraction. Un sandwich, une tasse de café et puis en route pour le monde du dilettantisme où tout est suave, délicat, harmonieux, et où nous ne trouverons pas de client à cheveux roux qui nous ennuie de ses turlupinades.

Mon ami Sherlock Holmes n'était pas seulement un musicien enthousiaste, mais aussi un habile exécutant et un compositeur émérite. Il passa tout l'après-midi dans sa stalle, battant doucement la mesure de ses doigts longs et effilés et jouissant du bonheur le plus complet. Son visage s'épanouissait en un sourire béat et ses yeux devenaient langoureux et rêveurs ; il ne restait plus rien de Holmes le fin limier, de Holmes l'implacable agent criminel que son esprit vif et perçant plaçait au premier rang parmi les policiers. La dualité de nature de ce singulier personnage s'affirmait tour à tour. À mon avis, l'extrême exactitude de Holmes et son astuce n'étaient que la réaction contre cet état d'âme poétique et contemplatif qui tendait à le dominer ; mais, grâce à l'élasticité de sa nature, il passait rapidement d'une langueur extrême à une énergie dévorante.

J'avais remarqué qu'il n'était jamais plus vraiment redoutable que lorsqu'il était resté plusieurs jours étendu dans son fauteuil, au milieu de ses improvisations et de ses éditions gothiques. Tout à coup la passion de la chasse le saisissait, et, telle était alors la puissance de son raisonnement que le public ignorant de sa méthode prenait pour des intuitions ce qui n'était que de simples déductions, se demandant où cet homme avait pu puiser une science si supérieure à celle de ses semblables. En le voyant, cet après-midi, absorbé par la musique à Saint-James'Hall, je prévoyais que les gens qu'il allait traquer passeraient un mauvais quart d'heure.

— Rentrez-vous, docteur ? me dit-il, en sortant du concert.

— Oui, je n'ai rien de mieux à faire.

— Quant à moi, je vais être fort occupé pendant quelques heures ; cette affaire de Coburg square est très grave ?

— Pourquoi très grave ?

— Parce que nous sommes en présence d'un attentat qui se prépare ; j'ai tout lieu de croire que nous arriverons à temps pour l'empêcher ; mais il faut nous hâter d'autant plus que c'est aujourd'hui samedi ; puis-je compter sur votre concours ce soir ?

— À quelle heure ?

— À dix heures !

— Parfait ; je serai chez vous à cette heure-là.

— Ayez soin, seulement, docteur, de vous munir de votre revolver ; nous courrons peut-être quelque danger.

Sherlock Holmes me fit de la main un geste d'adieu, tourna sur ses talons et disparut aussitôt dans la foule.

Je ne me crois pas plus bête qu'un autre, et cependant je me sens toujours écrasé par le sentiment de mon infériorité lorsque je suis en présence de Sherlock Holmes. Dans l'affaire que je raconte ici j'avais entendu ce qu'il avait entendu ; j'avais vu ce qu'il avait vu et cependant il voyait clairement non seulement ce qui était arrivé, mais ce qui devait arriver, là où pour moi tout était, confus et grotesque. En rentrant chez moi à Kensington, je me refaisais l'historique de cette aventure, depuis l'étrange récit du copiste de l'*Encyclopédie*, jusqu'à notre promenade dans le quartier de Saxe-Coburg square ; les mots sinistres, sur lesquels Sherlock Holmes m'avait quitté, me revenaient en mémoire ; que devait être cette expédition nocturne, et pourquoi me munir d'armes ? Quel était notre rendez-vous ? notre but ? Holmes m'avait bien donné à entendre que cet employé à figure pateline était un homme dangereux, un homme capable de faire un coup, mais… en vain essayais-je de comprendre ; et, devant cet insuccès, je cherchai à me soustraire à cette pensée, en attendant que notre promenade nocturne m'apportât une solution.

Il était neuf heures un quart lorsque je sortis de chez moi pour m'acheminer, à travers le parc et Oxford street, vers Baker street. Je vis deux hansoms à la porte de Sherlock Holmes, et lorsque je pénétrai dans le corridor, j'entendis distinctement plusieurs voix. Je trouvai effectivement Holmes en conversation très animée avec deux hommes, dont l'un, Peter Jones, était l'agent de police officiel, tandis que l'autre, un individu long, maigre, à la figure patibulaire, revêtu d'une redingote râpée et tenant à la main un chapeau luisant, m'était totalement inconnu.

— Ah ! nous voici au complet, dit Holmes, en boutonnant sa veste et en décrochant du porte-manteau sa lourde sacoche de chasse. Watson, vous connaissez, je crois, M. Jones, de Scotland Yard ? Permettez-moi de vous présenter à M. Merryweather, qui va être notre compagnon dans l'expédition de cette nuit.

— Comme vous le voyez, docteur, nous chassons encore en chiens couplés, dit Jones, de son ton suffisant. Notre ami, ici présent, est merveilleux pour lancer ; mais il lui faut ensuite un bon chien de change.

— J'espère que tout cela n'est pas un canard, observa M. Merryweather tristement.

— Ayez confiance en M. Holmes, dit l'agent de police, d'un ton pompeux ; il a une méthode à lui, un peu trop théorique et fantastique à mon avis, mais il y a bien en lui l'étoffe d'un détective. Je dois ajouter qu'une ou deux fois même, dans l'affaire du crime de Sholto, et du trésor d'Agra, par exemple, il était plus près de la vérité que la police.

— Oh ! je vous crois sur parole, monsieur Jones, dit l'étranger avec déférence ; mais je manque mon whist du samedi, et ce sera la première fois depuis vingt-sept ans.

— Je crois, dit Sherlock Holmes, que vous jouerez plus gros jeu que jamais ce soir et que ce sera fort excitant, car pour vous, monsieur Merryweather, l'enjeu sera de quelque trente mille livres, et, pour vous, Jones, ce sera l'arrestation de l'homme que vous cherchez.

— John Clay, l'assassin, le voleur, l'escroc, le faussaire, continua M. Jones. Il est jeune, monsieur Merryweather, mais il connaît bien son métier. Si j'avais le choix entre plusieurs criminels, c'est bien à lui que je mettrais d'abord les menottes. C'est un homme vraiment remarquable, ce jeune Clay ; son grand-père était un duc authentique et lui-même a été élevé à Eton et à Oxford. Il est aussi malin qu'habile de ses doigts, et, quoique nous voyions partout des traces de son passage, nous n'arrivons jamais à le saisir : un jour, il détruira une crèche en Écosse, et huit jours après, il ouvrira une souscription en Cornouailles. Je suis sur sa piste depuis plusieurs années ; je n'ai encore jamais réussi à le voir.

— J'espère que j'aurai le plaisir de vous présenter à lui ce soir. Je me suis déjà une ou deux fois trouvé en rapports avec M. John Clay, et je suis d'accord avec vous sur ce point qu'il est parfaitement au courant de son métier. Mais il est dix heures passées ; partons, il en est grand temps. Montez tous deux dans le premier hansom ; Watson et moi nous vous suivrons dans le second. »

Sherlock Holmes ne fut pas très communicatif pendant cette longue course ; il s'étendit au fond de la voiture, en fredonnant les airs qu'il avait entendus dans la journée. Nous traversâmes un labyrinthe sans fin de rues éclairées au gaz, jusqu'au moment où nous débouchâmes dans Farringdon street.

— Nous voici presque arrivés, dit Holmes. Ce Merryweather est le directeur d'une banque et il est personnellement intéressé à cette affaire. J'ai pensé qu'il était préférable de nous adjoindre ce brave Jones, quoiqu'il soit parfaitement idiot dans l'exercice de sa profession. On ne peut cependant lui refuser certaines qualités ; il a la bravoure du bouledogue et la ténacité du homard quand il saisit une victime entre ses pinces. Mais nous voici arrivés et les autres nous attendent déjà.

Nos voitures s'étaient arrêtées devant ce même passage que nous avions exploré dans la journée, alors qu'il était si encombré de passants.

Nous congédiâmes nos fiacres et nous suivîmes M. Merryweather dans un petit couloir terminé par une porte de service qu'il nous ouvrit. Cette porte donnait sur un étroit corridor que fermait une massive porte de fer, laquelle donnait accès à un escalier de pierre tournant, au bas duquel se trouvait une autre formidable grille de fer. Là, M. Merryweather s'arrêta pour allumer une lanterne à la lueur de laquelle nous nous engageâmes dans un couloir sombre, imprégné d'humidité, au bout duquel se trouvait une troisième porte. C'était l'entrée d'une grande cave voûtée, entièrement tapissée de massives caisses de fer.

— Rien à craindre du côté de la voûte, dit Holmes, après avoir examiné la cave.

— Ni de celui-ci, répondit M. Merryweather, en frappant les dalles avec sa canne. Mais sapristi ! mon cher, cela sonne creux, s'écria-t-il stupéfait.

— Plus de calme, je vous en prie, dit Holmes sévèrement ; voilà que vous avez déjà compromis le succès de notre expédition. Veuillez vous asseoir sur une de ces caisses et ne vous occuper de rien.

Le solennel M. Merryweather prit un air piqué et se percha sur une caisse, tandis que Holmes tombait à genoux et, à l'aide de sa lanterne et d'un microscope, examinait minutieusement les interstices des pierres. Au bout de peu d'instants il se relevait brusquement et mettant sa loupe dans sa poche :

« Nous avons au moins une heure devant nous, dit-il, car ils ne peuvent rien faire avant que le brave usurier ne soit tranquillement endormi. Mais une fois leur besogne commencée ils ne perdront plus une minute, car plus tôt ils auront fini et plus ils auront de chances de s'échapper. Vous avez, je pense, deviné, docteur, que nous sommes dans la cave d'une des principales banques de Londres, M. Merryweather est le président du conseil d'administration et il vous expliquera les raisons pour lesquelles les plus hardis criminels de la capitale s'intéressent tout particulièrement à cette cave.

— C'est notre or français, murmura le directeur ; nous avons déjà été plusieurs fois prévenus des tentatives qui se préparaient dans le but de s'en emparer.

— Votre or français ?

— Oui. Il y a quelques mois nous avons eu occasion d'augmenter nos réserves et nous avons emprunté à cet effet trente mille napoléons à la Banque de France. On a su que nous ne nous étions pas encore servis de cet or et qu'il était intact dans nos caves. La caisse sur laquelle je suis assis contient deux mille napoléons emballés entre des feuilles de plomb. Notre réserve en numéraire est beaucoup plus considérable en ce moment qu'elle ne l'est d'habitude dans une succursale et les directeurs en ont même été préoccupés.

— Leur inquiétude était bien justifiée, remarqua Holmes. Et maintenant songeons à faire notre plan. J'espère que dans une heure environ les hostilités commenceront ; en attendant, il faut, monsieur Merryweather, que nous voilions cette lanterne sourde.

— Et que nous restions dans l'obscurité ?

— Je crains que ce ne soit absolument nécessaire ; j'avais bien apporté un jeu de cartes dans ma poche, pensant que nous pourrions faire notre whist à quatre. Mais les préparatifs de l'ennemi sont tels que nous ne pouvons nous risquer à garder une lumière. Il faut même choisir nos positions, car nous avons affaire à des hommes capables de tout et, quoique nous ayons l'avantage sur eux, ils peuvent nous faire du mal si nous ne prenons pas nos précautions. Moi, je vais me dissimuler derrière ce coffre et vous derrière celui-là. Puis, lorsque je tournerai la lumière de leur côté, entourez-les promptement. S'ils tirent sur nous, Watson, tirez aussi, sans la moindre hésitation.

Je plaçai mon revolver chargé sur la caisse en bois derrière laquelle j'étais accroupi. Holmes cacha sa lanterne, et nous laissa dans l'obscurité la plus complète, une obscurité que je ne connaissais pas encore et qui m'aurait donné un sentiment de malaise, si une vague odeur de métal chauffé n'était venue nous rappeler que nous avions là une lanterne prête à nous éclairer. J'avais les nerfs extrêmement tendus et j'étais, malgré moi, impressionné par les ténèbres et l'air froid et humide de ce caveau.

— Ils ne peuvent nous échapper que par un seul côté, murmura Holmes, par la maison qui donne sur Saxe-Coburg square. Avez-vous fait ce que je vous ai demandé, Jones ?

— J'ai un inspecteur et deux officiers en faction à la porte d'entrée.

— Alors nous avons bouché toutes les issues, et maintenant plus un mot.

L'attente nous parut indéfinie. Il nous semblait que l'aurore devait commencer à poindre, tandis que d'après les calculs que nous fîmes plus tard, cette situation n'ait pas dû se prolonger au-delà d'une heure un quart. Mes membres étaient de plus en plus raides et engourdis, tant je craignais de faire le moindre mouvement ; mes nerfs étaient surexcités au dernier point, et mon oreille si tendue que, non seulement j'entendais la tranquille respiration de mes compagnons, mais encore je distinguais l'haleine bruyante du gros Jones, de celle légère et saccadée du directeur de la banque. La caisse derrière laquelle je me cachais ne masquait pas le sol, et tout à coup mes yeux perçurent un rayon lumineux. Ce ne fut d'abord qu'un jet, qui se profila sur le dallage pour disparaître aussitôt en un mince filet. Un instant après, sans aucun avertissement, sans aucun bruit, une fissure sembla se former entre les dalles, et, à la faveur du rayon de lumière, nous aperçûmes une main blanche, presque une main de femme, qui cherchait à se glisser dans l'interstice des pierres. Peu à peu, la main avec ses doigts tendus, émergeait au-dessus du sol, puis redisparaissait aussitôt et tout rentrait dans l'obscurité, sauf le seul point lumineux qui marquait un intervalle entre les carreaux.

Cette disparition ne fut que momentanée ; une des dalles blanches tourna de côté avec un grincement plaintif, laissant un trou béant par lequel jaillit la lueur d'une lanterne. Nous vîmes alors apparaître une tête au visage jeune, à l'œil investigateur, puis deux mains à l'aide desquelles l'individu s'appuyant de chaque côté de l'ouverture, se hissa au-dessus du trou s'aidant des genoux jusqu'à ce qu'il pût prendre pied dans la cave. Il tirait derrière lui un camarade mince et chétif comme lui, avec une figure pâle et quelques rares cheveux roux.

— La place est libre, murmura le premier arrivé. Avez-vous le ciseau et les sacs ? Grand Dieu ! Debout, Archibald, debout ! Je suis perdu.

Sherlock Holmes avait bondi hors de sa cachette, et avait saisi l'intrus par le cou, tandis que l'autre plongeait dans l'excavation en déchirant son vêtement que Jones saisit au passage. À la lueur de notre lanterne nous vîmes briller le canon d'un revolver braqué sur nous, mais le gourdin de Holmes, en s'abattant sur le poignet de l'homme qui cherchait à se défendre, fit tomber l'arme sur la pierre.

— Inutile, John Clay, dit Holmes d'un ton mielleux, votre affaire est faite.

— Je le vois, répondit l'autre avec le plus grand sang-froid. Je suppose que mon copain est sauvé quoique vous ayez conservé les pans de son habit.

— Trois hommes l'attendent à la porte, dit Holmes.

— Oh ! vraiment, vous me semblez avoir tout prévu. Je vous en fais mon compliment.

— Je vous félicite à mon tour, répondit Holmes. Votre idée de cheveux roux a été géniale et vraiment très pratique.

— Vous verrez tout à l'heure votre « copain », dit Jones. Il sait descendre dans un trou plus vite que moi. Tendez donc les mains afin que je vous mette les menottes.

— Ne me touchez pas avec vos mains dégoûtantes, dit notre prisonnier, au moment où les menottes se refermaient. Vous ignorez sans doute que j'ai du sang royal dans les veines. Ayez aussi la bonté quand vous me parlez de me dire « monsieur » et « s'il vous plaît ».

— Fort bien, répondit Jones, en ricanant. Eh bien ! voulez-vous, s'il vous plaît, monsieur, monter afin que nous prenions un fiacre pour conduire Votre Altesse au poste de police.

— C'est mieux ainsi, s'écria John Clay, gaîment.

Et nous ayant salués tous trois très bas, il partit tranquillement sous la garde du détective.

— Vraiment, monsieur Holmes, dit M. Merryweather, en sortant du caveau, je ne sais comment la banque pourra jamais s'acquitter envers vous du service que vous venez de lui rendre, car vous avez découvert et déjoué une des plus audacieuses tentatives de vol que j'ai vues.

— J'ai déjà eu deux ou trois fois à faire avec M. John Clay, dit Holmes. Cela m'a même coûté quelque argent et j'espère que la banque m'en dédommagera. Mais ceci dit, je suis largement payé par la satisfaction d'avoir eu une aventure que je qualifierai d'unique dans son genre et par le récit très original de l'Association des Hommes Roux. Vous voyez, Watson, m'expliqua Holmes le lendemain matin, en buvant un verre de soda et whisky dans son salon de Baker street, vous voyez clairement maintenant que le seul but possible de cette curieuse annonce d'Association et de la singulière copie de l'*Encyclopédie* était de se débarrasser pendant quelques heures chaque jour de l'usurier naïf. C'était une étrange manière d'atteindre son but ; mais très bonne assurément. La tête rousse du complice a sans doute donné à Clay cette idée très suggestive. Tous deux leurraient et alléchaient l'usurier au moyen de quatre livres par semaine. Qu'était-ce, en effet, que cette somme à côté des millions qu'ils pouvaient gagner ? L'annonce que nous connaissons ayant été insérée dans les journaux, l'un des gredins tient le bureau ; l'autre engage le prêteur à s'y présenter, et ils s'assurent pleine et entière liberté chaque jour pendant la matinée. J'ai bien compris qu'ils avaient de sérieuses raisons pour vouloir être maîtres de la place, dès que j'ai su que l'employé était entré au service de Jabez Wilson pour la moitié des gages habituels.

— Mais comment avez-vous pu deviner leur but ?

— D'abord, il n'y avait pas de femme dans la maison, d'où absence de la simple et vulgaire intrigue. Le commerce de cet homme était peu considérable, et rien dans sa maison ne pouvait justifier et un plan aussi compliqué et les sacrifices d'argent que faisaient ces habiles coquins. C'était donc hors de la maison qu'il fallait chercher leur but, mais lequel ? Je me souvins alors du goût de l'employé pour la photographie et de la manie qu'il avait de disparaître dans la cave. La cave ! Voilà la clef de l'énigme, pensai-je. Alors, je fis une enquête sur ce mystérieux employé, et je découvris que j'étais en présence d'un des plus impudents et des plus audacieux criminels de Londres. Pourquoi s'enfermait-il dans cette cave plusieurs heures par jour, pendant des mois ? Pourquoi ? C'est que sans doute il creusait un souterrain pour aboutir à un autre bâtiment.

J'en étais là de mes déductions, lorsque je suis allé avec vous sur le théâtre des lieux. Là, j'ai dû vous surprendre en frappant le sol avec ma canne ; je voulais en effet me rendre compte si le caveau s'étendait en avant ou en arrière. Puis j'ai sonné à la porte, et, comme je l'espérais, l'employé est venu ouvrir. J'ai déjà eu affaire à lui, mais je ne connaissais pas ses traits. Je jetai un coup d'œil sur ses genoux qui étaient tels que je m'attendais à les voir. Vous avez dû remarquer vous-même combien son pantalon usé, froissé et taché à la place des genoux révélait des heures de travail dans un trou de lapin ! Dans quel but creusait cet homme ? Voilà ce qui me restait à savoir. Je tournai le coin de la rue et je m'aperçus que la Banque suburbaine de la Cité s'étendait jusqu'au local de notre ami, et, par cette découverte, mon problème était résolu. Lorsque vous êtes rentré, après le concert, je me suis rendu à Scotland Yard et chez le président du conseil d'administration de la Banque. Vous savez le résultat de ces visites.

— Enfin, comment pouviez-vous savoir qu'ils feraient leur tentative ce soir ? demandai-je.

— C'est bien simple, le fait seul d'avoir fermé le bureau de la fameuse Association prouvait que la présence de M. Jabez Wilson leur était devenue indifférente, autrement dit qu'ils avaient achevé leur tunnel ; il était essentiel pour eux de l'utiliser au plus vite, car ils pouvaient être découverts et le numéraire même pouvait être enlevé. Le samedi devait leur convenir tout particulièrement, puisque cela leur donnait deux jours pour se sauver. C'est pour toutes ces raisons que je les attendais ce soir.

— Votre raisonnement était parfait, m'écriai-je avec une admiration non déguisée ; pas une lacune dans cette longue série de faits !

— Cela m'a sauvé de l'ennui, répondit Holmes, en bâillant. Hélas ! le voilà qui m'envahit de nouveau. Ma vie n'est qu'un perpétuel effort pour échapper à la monotonie de tous les jours, monotonie qui n'est rompue que par ces petits problèmes.

— Et vous êtes assurément un bienfaiteur de l'humanité.

Il haussa les épaules.

— Ma foi ! peut-être suis-je utile à quelque chose, répondit-il simplement.

« L'homme, c'est rien — l'œuvre, c'est tout » comme Gustave Flaubert l'écrivait à George Sand.